LA DESCENTE DE BONAPARTE EN ÉGYPTE,

OU

LA CONQUETE D'ALEXANDRIE,

BALLET TRAGI-PANTOMIME, EN QUATRE ACTES.

PAR PASCHAL BRUNETI.

Représenté en 1799, sur le théâtre public de Barcelonne, le jour de la Saint-Louis, fête de la reine d'Espagne.

Traduit de l'espagnol par CAILHAVA, et lu à l'Institut national, classe Littérature et Beaux-Arts, le 8 pluviôse, an VIII de la République.

PARIS,
CHARLES POUGENS, Imprimeur-Libraire, Quai Voltaire, N.° 10.

AN VIII.

CITOYENS COLLÈGUES,

JE désire vous entretenir d'un Ballet représenté en Espagne, il y a quelques mois; matière frivole en apparence, mais qui, dans les circonstances actuelles, est digne, j'ose le dire, d'occuper nos politiques, nos philosophes.

Saint Louis est le patron de la reine d'Espagne. Les dévots à la royauté voudront-ils croire que, pour fêter leur souveraine et son patron, jadis roi, les habitans de Barcelonne, sous les yeux du moins populaire des tribunaux, la sainte Inquisition *, aient fait célébrer sur

* Elle venait de défendre la représentation de *Zaïre*, traduite en castillan.

leur théâtre les victoires d'une armée républicaine ?

Je me propose, citoyens, de vous faire connaître le ballet qui leur a paru propre à satisfaire leur admiration pour les héros de la Liberté.

Pour donner une idée de l'intérêt inspiré par le seul titre du ballet, je dois vous dire qu'un danseur s'étant blessé à l'une des répétitions, l'alarme fut universelle ; et que M. *Cornel*, alors capitaine-général de la Catalogne, et quelques jours après ministre de la guerre, donna les ordres les plus pressans pour faire remplacer bien vite le danseur malade : vraisemblablement M. *Cornel* n'avait pas manqué de communiquer à sa cour le programme du ballet *.

* M. *Cornel*, quitta Barcelonne avant la première représentation du ballet. Le capitaine-général qui

La salle, décorée par les artistes les plus ingénieux, éclairée par des lustres suspendus dans l'intérieur et sur les côtés de chaque loge, embellie par la présence de toutes les dames de la province, par la quantité de leurs diamans, par le costume de *grand gala*, offrait un spectacle vraiment enchanteur.

L'ami de qui je tiens ces détails et le programme espagnol, craignait de trouver

---

lui succéda, pouvait-il ne pas aimer à voir célébrer la bravoure et la loyauté de nos généraux ? Dans notre dernière guerre avec l'Espagne, il commandait à Bellegarde : forcé, après la plus belle défense, de rendre cette place au général Dugommier, il lui demanda, en lui remettant son épée, le nom de sa prison. Une prison ! s'écria Dugommier ; monsieur, nous n'en connaissons que pour le crime : vous n'avez qu'à choisir une des villes de France, où vous ne serez retenu que par votre parole d'honneur. Quant à votre épée, on doit la garder quand on s'en sert si bien.

au-delà des Pyrénées moins d'admirateurs que d'hommes jaloux de nos exploits : il n'en savoura que mieux le plaisir qu'inspirait le seul uniforme de nos guerriers ; il n'en partagea que plus vivement l'enthousiasme qui s'emparait des femmes, des militaires, même des prêtres, enfin de l'assemblée entière, toutes les fois qu'on voyait paraître sur la scène le personnage chargé de représenter le héros véritable de la fête.

LA DESCENTE DE BONAPARTE EN ÉGYPTE,

OU

LA CONQUETE D'ALEXANDRIE,

BALLET TRAGI-PANTOMIME, EN QUATRE ACTES.

NOMS DES PERSONNAGES.

LE GOUVERNEUR d'Alexandrie.
ROSANA, noble Egyptienne.
AZOR, jeune Egyptien.
ALMET, père de ROSANA.
BONAPARTE.
BERTHIER.
FEMMES ÉGYPTIENNES.
SOLDATS FRANÇAIS.
SOLDATS ÉGYPTIENS.

Une partie de l'action se passe dans la ville d'Alexandrie, et l'autre partie hors de la ville.

LES décorations, toutes neuves, ont été peintes par le célèbre Joseph LUCINI et son ami Cesar CARNEVALI.

AVANT-SCÈNE.

Le vieux *Almet* a projeté de marier sa fille *Rosana* au jeune *Azor*. On a vanté au gouverneur d'Alexandrie la beauté de *Rosana* ; il veut l'avoir en sa possession : le père et la fille résistent à ses desirs ; il les fait enfermer l'un et l'autre dans un souterrain où ils languissaient, lorsqu'on signale la flotte française.

ACTE PREMIER.

La décoration représente le cabinet du Gouverneur.

Le Gouverneur, seul, est occupé de sa malheureuse passion pour *Rosana*. On vient annoncer l'arrivée de l'escadre française. Il donne les ordres nécessaires pour repousser l'ennemi s'il effectue son débarquement.

Le Gouverneur redoute sur-tout que la beauté dont il est épris ne tombe au pouvoir des Français. Désespéré de n'avoir pu la fléchir, il songe tour-à-tour à ses charmes et à ses rigueurs ; il craint que la cruauté dont il use envers elle et son père, ne l'aigrisse encore davantage : puis, espérant qu'un traitement plus doux servira mieux sa passion, il lève une pierre jusqu'alors cachée aux yeux du spectateur, et fait paraître ses deux prisonniers.

Il propose à la jeune Egyptienne et au vieillard qui lui donna le jour, de leur rendre la liberté, et de les enrichir à jamais, s'ils cessent de s'opposer à ses vœux. *Rosana* méprise les trésors du tyran, déteste son amour, et lui déclare que sa main est promise. Le Gouverneur, furieux, jure de faire mourir le père et la fille, lorsque, de tous les quartiers de la ville, des cris d'alarme portent la terreur dans son ame. Il fait rentrer avec précipitation ses deux victimes dans le cachot.

Plusieurs Egyptiens accourent pour annoncer la descente des Français, et tous volent au secours de leur pays.

ACTE II.

Vue du port et de la ville d'Alexandrie, assiégée par l'escadre française.

La garnison de la place, sous les armes, défend avec courage ses postes. Le feu est très-vif des deux côtés.

Le Gouverneur sort de la ville, suivi d'une troupe d'élite. Ils attaquent leurs ennemis avec la plus grande intrépidité : cependant, malgré leurs efforts, ils ne peuvent résister long-temps à la valeur française, et rendent les armes.

Bonaparte fait cesser les hostilités, donne la liberté à tous les prisonniers, remet lui-même au Gouverneur son turban et son cimeterre, qu'il a perdus dans la mêlée, et déclare que si les Egyptiens restent fidèles à la nation française, ils seront respectés et traités en amis.

Plusieurs femmes sortent de la ville avec des corbeilles remplies de fleurs et de fruits, qu'elles offrent au vainqueur. Il les accepte avec grâce, et les partage à ses officiers.

Tout à-coup *Azor*, le passionné *Azor*, se jette dans les rangs des soldats français, leur demandant où est leur général. On le lui montre; il tombe à ses pieds. *Bonaparte* le relève affectueusement; *Azor*, transporté de joie et d'espérance, raconte avec quelle barbarie son rival l'a séparé de celle qu'il adore : il baise avec transport un portrait; c'est celui de *Rosana*, qu'il remet au général, en le suppliant de dérober son amante à la tyrannie d'un monstre odieux. *Bonaparte* l'encourage, l'embrasse, et lui promet de s'intéresser au succès de son amour. Il entre ensuite dans Alexandrie, fêté par tous les Egyptiens, et suivi de son armée victorieuse.

ACTE III.

Cabinet du gouverneur.

BONAPARTE, suivi de son état-major, cherche un appartement commode. C'est avec peine que le gouverneur voit préférer le sien; mais il dissimule. L'état-major se retire; *Bonaparte* reste avec *Berthier* et le gouverneur: il montre à ce dernier le portrait de *Rosana*, et lui demande ce qu'elle est devenue. Le gouverneur, déconcerté, s'efforce cependant de prendre un air calme, et proteste n'avoir jamais vu l'original de cette miniature. Son trouble le trahit: le général feint d'être persuadé et le congédie; le gouverneur, craignant d'être découvert, sort dans la plus grande agitation.

Bonaparte et *Berthier*, restés seuls, examinent sur des cartes géographiques par quelles routes ils conduiront l'armée française à de nouvelles conquêtes. Tout-à-coup une voix plaintive les frappe; ils prêtent l'oreille, n'entendent plus rien, croient s'être trompés, reprennent leur occupation : mais les gémissemens redoublent ; le cœur du général en est ému. Il écoute avec attention, découvre d'où partent les plaintes, lève la pierre qui ferme le cachot, s'assure, en cas de surprise, de la porte du cabinet, met l'épée à la main, et descend avec *Berthier* dans le souterrain.

La décoration change, et représente l'intérieur de la prison.

Les deux guerriers, encore sur le haut de l'escalier, descendent avec précaution. Au bas sont *Rosana* et *Almet*, qui s'exhortent mutuellement à supporter le malheur qui les accable : ils entendent du bruit, et cherchent à se cacher, craignant de nouvelles insultes de la part de leur tyran.

Bonaparte, parvenu dans le fond du cachot, y voit, avec la dernière surprise, une jeune beauté et un vieillard respectable : il croit reconnaître l'amante d'*Azor*, s'assure de la vérité en examinant le portrait, embrasse les deux infortunés, les console, leur promet des jours heureux, les aide à sortir du souterrain ; et leur marche n'est ralentie que par les marques de reconnaissance que les deux prisonniers ne cessent de donner à leur généreux libérateur.

La scène est encore une fois dans l'intérieur du cabinet.

Bonaparte en ouvre la porte, appelle les gardes, leur ordonne de briser les fers de la jeune Africaine et de son père qu'il confie à *Berthier* en les invitant à passer dans l'appartement voisin.

Azor est introduit ; le général veut l'éprouver, et lui rend le portrait de son amante, en témoignant le plus grand regret de n'avoir pu découvrir ce qu'elle est devenue. Désespoir d'*Azor* après ce coup mortel. *Bonaparte*, feignant de vouloir adoucir sa douleur, lui propose une autre épouse, et fait paraître *Rosana* couverte d'un voile épais : *Azor* la fuit ; *Rosana*, brûlant de se faire connaître à son amant, s'attache à ses pas : dans l'ivresse de sa joie, elle est près à chaque instant d'arracher son voile ; mais son libérateur arrête sa main.

La tendre impatience de *Rosana*, l'obstination d'*Azor* à l'éviter, et la satisfaction des deux généraux, forment un tableau des plus intéressans. Enfin le général permet à *Rosana* de se dévoiler, fait approcher *Almet*; et la joie des deux amans, celle du vieillard, en se voyant réunis, offrent un second tableau d'un autre genre, mais non moins touchant que le premier.

Le général ordonne que le gouverneur soit introduit : il paraît, et reste frappé comme d'un coup de foudre. *Bonaparte* lui reproche sa tyrannie : il veut, pour le punir, que les amans soient unis le jour même, et que leur mariage se fasse dans la grande mosquée. On y suit le héros.

Le gouverneur, furieux, reste sur la scène avec quelques Musulmans, leur communique sa rage, leur fait part de ses projets; et tous sortent en menaçant leurs ennemis d'une prompte mort.

ACTE IV.

Mosquée magnifique.

LES soldats français entrent dans la mosquée et l'entourent. Le public accourt pour contempler le vainqueur, qui s'avance accompagné des principaux Egyptiens et au milieu des applaudissemens. *Rosana*, *Almet* et *Azor* paraissent : *Bonaparte* les montre au peuple enchanté de les voir heureux.

La cérémonie commence ; la joie parait universelle, lorsque le gouverneur, ne pouvant plus contenir ses mouvemens jaloux, sort pour mettre à exécution ses projets de vengeance.

On se préparait à finir la fête par un ballet joyeux ; soudain le bruit des armes se fait entendre hors de la mosquée.

Les postes sont forcés, les portes enfoncées ; une troupe de Musulmans se jette sur les Français: *Bonaparte* range en ordre de bataille le peu de soldats qui l'entourent, et repousse avec impétuosité les assaillans.

Mais bientôt ils se rallient ; le gouverneur cherche *Bonaparte* : les femmes pleurent, crient. *Rosana* démêle son amant et son libérateur qui se débattent contre une foule d'Africains ; elle s'empare du pistolet de l'un d'eux, l'appuie sur la poitrine de son persécuteur, et l'étend mort à ses pieds.

Le trouble cesse ; l'alégresse remplace la terreur ; et le ballet est terminé par un quadrille.

FIN DU BALLET.

Il est à remarquer, citoyens collègues, qu'on avait fait précéder le ballet par une comédie espagnole, intitulée *Valeur et Honneur.*

www.ingramcontent.com/pod-product-compliance
Lightning Source LLC
LaVergne TN
LVHW052035160826
845678LV00003B/1366

* 9 7 8 2 3 2 9 6 3 4 5 4 8 *